ȘOAPTE

din

LUMINĂ

ȘOAPTE

din

LUMINĂ

POEME de IUBIRE
II

DANIELA TOPÎRCEAN

ȘOAPTE din LUMINĂ:
POEME de IUBIRE II

Traducere și editare: Manuela Timofte
Copertă: Manuela Timofte
Prefață: Valeriu Marius Ciungan
Imagine copertă: https://www.pexels.com

Cuprins

Prefață

Poemele Danielei crează un univers propriu diafan, luminos, plin de cântece în surdină, armonie, rugăciune, inefabil, pace, toate impregnate de o iubire tăcută, ca sursă de energie latentă şi de justificare a existenţei acestui intim refugiu.

Iubirea e Creatorul, iar Creatorul dăruieşte iubire şi o răsfrânge în "secunde luminoase","simfonii albastre" şi în "dulci insomnii". Inclusiv autoarea este parte a acestei creaţii în poemul "Vas de lut": "mă modelezi tăcut/ mă îmbraci cu lumină/ mă încălzeşti în cuptorul/inimii Tale "

Cuplul prezent în mai toate poemele este unul abstract, ideatic, contopirea fiind mai mult una confesivă ca modalitate de redescoperire şi regăsire a sinelui prin iubire: "Rătăceau în mine/ despletite/ neliniştile Isoldei/ inocenţa Julietei/ înflorea-n privirea mea…/ ca o maree/ neliniştea primei iubiri/ îmi inunda/ ţărmul inimii/ sfidându-mi/ imponderabilitatea, aripile străvezii…/în mine rătăceau/ corăbii pierdute,/ fantome diafane,/ despletite,/ atrase printr-o tăcută rezonanţă…-poemul Rezonanţa.

Poemele sunt construite în oglindă "Ai apărut in acelaş anotimp auriu/ pierdut într-un vis de demult/ să sprijini oglinda tăcerilor tale/ zugrăvite-n albastru cuvânt, de tâmpla mea transparentă…- Oglinda, ceea ce amplifică trăirile, poeta încercând să desluşască şi să asume sentimentele iubitului până la contopire - "Lângă tine""Lasă-mi sufletul / lângă tine…/ lasă-mă să vin / mai aproape/ din lumea de ţărână / aripile să-mi scape…/ Învăluie-mă cu liniştea/ cu mantia ta / cu stelele si luna,/ uşor/ încercuieşte-mi/ cu iubirea/ oasele bolnave de dor/ să nu mai ştiu/ care eşti tu/ şi care sunt eu,/ să simt cum soarele/-arcuieşte lumina/ pe degetul meu…"

Unele poeme sunt atinse de o lamentaţie discretă, subterană, de un uşor abandon, de o vocaţie dulce - tragică a predestinării şi împăcării cu sine, poemul "Rugăciune": Spune-mi/ că nimic/ nu mai e de făcut/ spune-mi/ că tot ceea ce trebuie să fiu/ sunt." nevoia unei confirmări explicite fiind de fapt forma de răsvrătire prin vers împotriva acestora.

Cuplul este unul ideal în universul creat dar incert şi paradoxal la contactul cu lumea simplă, reală: "spune-mi…/ ajunge la tine/ această ardere în plină iarnă? "- Spune-mi, "te-am imbrăţişat…/ pentru o clipă/ ai facut parte/ din mine însumi/ ai aflat/ că exist/ ţi-am reamintit că-mi aparţii "(Curcubeul). Există şi o justificată infatuare a Creatorului cu o tendinţă vanitos-acaparatoare: "iubirea mea este totul/ de la firul de iarbă / la fulger /

de la piatra pe care calci grăbit / la aripa unui înger…"- Definiţie, chiar şi în anticiparea trăirilor iubitului :"iti simt tristeţea planând în mine/ ca o frunză purtată de vânt/ sau poate-i doar toamna/ ce răsare dureros în cuvânt…" (Tristeţe).

Poemele Danielei sunt tot atâtea ferestre deschise cu linişte şi religiozitate spre universul pur şi nostalgic al iubirii.Cei ce mai credem în asta, printre care mă pun şi eu la socoteală, avem argumente în poemele ei că nu locuim un spaţiu părăsit, abandonat de sentimente, că poezia poate fi o frumoasă expresie a iubirii… poate cea mai frumoasă!

Cântec pierdut:

"De ce vrei să plâng/ eu sunt cântecul/ sunt oda bucuriei tale/ tu m-ai compus,/cântă-mă …/ De ce vrei să însetez,/ eu sunt izvorul tău/ sunt apa ta,/ soarbe-mă…/ De ce mă laşi goală /eu sunt vasul tău/ tu m-ai modelat / umple-mă…/ De ce vrei/ să flămânzesc,/ eu sunt pâinea ta,/ nu mă depărta/ de buzele tale…/ Iubire,/ mă binecuvântezi,/ sau mă pedepseşti/ cu dulcea suferinţă/ a flăcărilor Tale?"

Valeriu Marius Ciungan -membru USR

***

Preface

Daniela's poems create their own diaphanous, bright universe, full of muted songs, harmony, prayer, ineffable, peace, all impregnated by a silent love, as a source of latent energy and justification of the existence of this intimate refuge.

Love is the Creator, and the Creator gives love and reflects it in "bright seconds", "blue symphonies", and in "sweet insomnia". Even the author is part of this creation in the poem "Clay pot": "you shape me silently/ you dress me with light/ you warm me in your oven/ your heart."

The couple present in most of the poems is an abstract, ideational one, the fusion is more of a confessional one as a way of rediscovering and rediscovering the self through love: "a tide/ the anxiety of first love/ it fled/ the shore of my heart/ defying/ my weightlessness, bright wings…/ in me wandered/ lost ships,/ diaphanous ghosts,/ dishevelled,/ attracted by a silent resonance… (Resonance).

Poems are built in the mirror "You appeared in the same golden season/ lost in a dream long ago/ to support the mirror of your silences/ painted in blue word, by my transparent temple… - The mirror, which amplifies the feelings, the poet trying to discern and to assume the feelings of the lover until the fusion - "Next to you" "Leave my soul/ next to you…/ let me come/ closer/ from the world of dust/ let my wings escape…/ Wrap me in peace/ with your cloak/ with the stars, with the moon,/ slightly/ surround me/ diseased bones/of longing/ with love/ not to know/ who you are/ and who I am,/ to feel how the sun/arches the light/ on your finger my…"

Some poems are touched by a discreet, subterranean lament, by a slight abandonment, by a sweet-tragic vocation of predestination and reconciliation with oneself, the poem "Prayer": Tell me/ that nothing/ is left to be done/tell me/ that all I have to be/ I am." The need for explicit confirmation being, in fact, the form of rebellion by verse against them.

The couple is an ideal one in the created universe but uncertain and paradoxical in contact with the simple, real-world: "tell me…/ get to you / this burning in the middle of winter?"- Tell me, I hugged you…/ for a moment/ you were part / of myself/ you found out / that I exist/ I reminded you that you belong to me" (Rainbow). There is also a justified infatuation of the Creator with a vain-grabbing tendency: "my love is everything/ from the blade of grass/ to the lightning/ from the stone on which you are hurriedly treading/ to the wing of an angel…" - Definition, even in anticipation to the feelings of the lover: "I feel your sadness hovering in me/ like a leaf carried by the wind/ or maybe it's just autumn/ that rises painfully in the word…" (Sadness).

Daniela's poems are just as many windows open with peace and religiosity to the pure and nostalgic universe of love. Those who still believe in this, including myself, have arguments in her poems that we do not live in an abandoned space, abandoned by feelings, that poetry can be a beautiful expression of love, and perhaps the most beautiful!

Lost song:

"Why do you want me to cry/ I am the song/ I am the ode to your joy/ you composed me,/ you sing me…/ Why do you want me to be thirsty,/ I am your spring/ I am your water,/ - drink me …/ Why are you leaving me empty/ I am your vessel/ you shaped me/ -fill me up…/ Why do you want me/ to starve,/ I am your bread,/ do not take me away/ from your lips…/ Love,/ do you bless me,/ or do you punish me/ with the sweet suffering/ of Your flames?

Valeriu Marius Ciungan - member USR
***

Cuvântul Autorului

De cele mai multe ori iubirea ne surprinde, iubirea apare pe neaşteptate în viaţa noastră ca un cântec al fiinţei interioare, ca o flacără, simbolul vieţii însăşi…

Undeva, cândva, aflat în frământările tulburătoare ale iubirii, un suflet omenesc s-a întrebat dacă este vreo diferenţă între iubirea divină şi cea umană şi a descoperit că iubirea divină îmbrăţişează toate celelalte forme de iubire, iar celelalte forme de iubire sunt în esenţa lor o formă de dor mistuitor după Divinitatea care se ascunde în mod tainic în tot ce ne înconjoară.

Iubirea adevărată ne provoaca să ne naştem ca fiinţe divine renunţănd la ego-ul nostru limitat. Ea este izvorul tainic din care sufletul nostru se inspiră, primeşte energie, făcând posibilă creaţia - divina expresie a sinelui divin lăuntric aflat în legătură cu energiile cosmice ale luminii. In iubire, nu există "a pierde". Cine iubeşte află că timpul şi spaţiul nu există, toate limitele dispar, imposibilul devine posibil. Fiinţa care a ridicat în sufletul său un altar închinat iubirii rămâne vie in eternitate. Iubirea este energia care te transformă într-o piatră preţioasă. Este procesul prin care cărbunele devine diamant, prin care firul de nisip devine perlă în frământarea intimă a scoicii. Iubirea te face mai frumos, mai luminos, mai bun, mai puternic.

Cine urmează drumul iubirii lăsând la o parte dorinţele propriului ego renaşte ca pasărea Phoenix din propria cenuşă. Cel ce iubeşte este cel ce dansează dansul, cel care cântă cântecul, cel ce se avântă în valuri, cel ce are curajul să trăiască nebunia şi frumuseţea mării dezlănţuite, cel care renunţă cu Adevărat la propriile temeri şi dorinţe abandonându-se pe sine, binecuvântând fiecare pas al vieţii.

Acel suflet are posibilitatea ca în tainiţa inimii, să găsească mângâierea sublimă a iubirii, mângâierea sublimă a luminii.

Daniela

***

Author's Word

Most of the time, love surprises us and appears suddenly in our life as a song of the inner being, like a flame, the symbol of life itself.

Somewhere, once, in the disturbing turmoil of love, a human soul wondered if there was any difference between divine and human love. It found that divine love embraces all other forms of love and all those are in essence a form of love, wounding longing for the Divinity which secretly hides both in the human and in everything around us.

True love challenges us to be born as divine beings by giving up our limited ego. That is the mysterious source from which our soul inspires, receives energy, and makes creation possible - the Divine expression of the inner divine self, connected with the cosmic light energy. In love, there is no "losing". Whoever loves will find out that time and space do not exist, that all limits disappear and the impossible becomes possible. The being who builds an altar dedicated to love in his heart remains alive for eternity. Love is the energy that turns you into a gemstone. It is the process by which coal becomes a diamond, by which the thread of sand becomes a pearl in the cherished turmoil of the shell. Love makes you better, righter, more powerful, and more beautiful.

The one who follows the path of love, leaving aside desires of his ego, is reborn like the Phoenix bird from its ashes. The one who loves is the one who dances the dance, who sings the song, the one who soars in the waves, who dares to live the madness and beauty of the raging sea, the one who truly gives up his fears and desires abandoning himself and blessing every step of life. That soul can find the sublime comfort of love and light in the mystery of the heart.

Daniela

***

Motto:

"Separaţi şi totuşi uniţi
în dansul nostru
simţim aceeaşi muzică,
auzim inima
eternităţii bătând
periculos de aproape…"
Suntem

***

"separate and yet united
in our dance.
we feel the same music,
we hear the eternity heart
beating
dangerously close up."
We are

-

Stele

***

Stars

Două Stele

Poate va rămâne
o adâncă tăcere între noi
până în secunda în care ne vom
reîntâlni într-un context
total diferit,
într-o altă dimensiune
a conştiinţei …
Atunci nu vor mai exista lacrimi,
insomnii, trandafiri înspinaţi,
nu vor fi regrete, frustrări…
atunci vom simţi cu adevărat
fericirea că existăm.
vom fi două stele albastre....
vom fi mereu împreună,
ne vom trăi
secunda luminoasă
la nesfârşit
în *prezentul continuu*
al iubirii.

Two stars

Maybe
a deep silence will stay between us
until the second we will
meet again in a
completely different context
in another dimension
of consciousness,
then there will be no more tears
insomnia, spooky roses
there will be no regrets, frustrations
then we will feel
the happiness that we exist
we will be two blue stars,
we will always be together
we will live
endlessly
the bright second
in the present continuous
of love.

M-am ascuns

M-am ascuns în
sufletul tău imens
ca o catedrală
a vânturilor solare
eu, o uşoară briză
de mare. …

Mi-ai zâmbit uşor
când mi-ai deschis
poarta gândului
tău de iubire
trecător.
Eram acolo
zugrăvită într-o
oglindă albastră
ce-o puseseşi
cu grijă
într-a sufletului
fereastră. …

Am zâmbit uşor
spre tine,
am zâmbit, căci
mi-era dor
de tine,
de mine.

I Hid

I hid in
your huge soul
like a cathedral
of solar winds
me, a light breeze
of the sea. ...

you smiled slightly at me
when you opened
the gate of your love
thought
passing
I was there
painted in a
blue mirror
that you put it on
carefully
in the soul
window.

I smiled slightly
at you,
I smiled because
I missed
you,

I missed
me. ...

Spune-mi...

Auzi şi tu muzica aceasta,
aceste diafane note muzicale?
Vezi acest balet
subtil, transparent
al sufletului,
aceste temeri albe
răstignite pe zăpadă?
Spune-mi, ajunge la tine
această simfonie hibernală,
acest balet interminabil,
paradoxal, al fulgilor de nea?
Ajunge la tine
această ardere
în plină iarnă?

Tell Me...

Do you hear this music too,
these translucent musical notes?
Do you see this ballet
subtle, transparent
of my soul,
these white fears
crucified on the snow?
Tell me, do you see
this winter symphony,
this endless ballet,
paradoxically of snowflakes?
-Is this burning
coming to you
in the middle of winter?

Regăsire

N-am ştiut când sufletul mi-a înflorit
un lotus în piept cu mii de petale,
enigmatic îmbrăţişând spaţiul dintre noi
cu mii de raze îndrăgostite, diafane.
N-am ştiut când sufletul meu
s-a revărsat în vânt
pe negândite
în mii de sfere cristaline
saturând cu lumină,
spaţiul dintre noi
- cuvintele nerostite.

Când, într-un final,
am încercat să mă regăsesc,
te-am găsit în sufletul meu
aşteptându-mă
de parcă timpul n-a existat
şi nu va mai exista
niciodată.

Recovery

I didn't know when my soul blossomed
a lotus in the chest with thousands of petals,
enigmatically embracing the space between us
with thousands of rays in love, transparent.
I did not know when my soul
spilt into the wind
unthinkingly
in thousands of crystalline spheres
saturating
the space between us
with light
- the unspoken words.

When, in the end,
I tried to find myself
I found you
waiting for me
in my soul
as if time did not exist
and it will no longer exist,
never.

Ritual Liturgic

Eram personajele verii
cu siluete prelungi
ce-n aerul efervescent auriu,
îşi risipeau gândurile,
pletele lungi…

Eram unul
eram doi?
- arşiţa verii topea neîncetat
cuvântul "iubire" în noi.

Purtam mantii lungi,
transparente,
catarge mângâiate
de vânt,
serafici ochi
ce voiau
să despice
oglinda prezentului
dar nu găseau cuvânt.

Eram
sublimi,
imponderabili.
Deşi păşeam pe pământ,
iubirea ne-ancora secunda
aproape dureros

în inima unui liturgic ritual,
al iubirii, tăcut…

Liturgical Ritual

We were the characters of the summer
with long silhouettes
which in the golden effervescent air,
they were wasting their thoughts,
long hair.

We were one
were we two?
-the summer heat was constantly melting
the word "love" in us.

We wore long
transparent cloaks
stroked masts
by wind
seraphic eyes
which wanted
to split
the mirror of the present
but they couldn't find a word.

We were
sublime,
imponderable
although we were stepping on the ground
love anchors us second
almost painful
in the heart of a liturgical

silent ritual,
of love.

Suntem

Suntem doi aştri
singuratici
ce călătoresc prin timp
de-o eternitate.
Lunecăm pe eterul subţire
făcând piruete
ca doi patinatori inefabili
în căutarea
propriului soare…
Separaţi şi totuşi uniţi
în dansul nostru
simţim aceeaşi muzică,
auzim inima
eternităţii bătând
periculos de aproape…

Uneori, timpul ne uneşte
într-o piruetă
unică,
spectaculoasă,
dramatică,
dar ne desparte
rănit de-atata frumuseţe…

We Are

We are two lonely
stars
travelling through time
for an eternity.
We glide on the thin ether
doing pirouettes
like two ineffable skaters
searching
own sun,
separate and yet united
in our dance.
we feel the same music,
we hear the eternity heart
beating
dangerously close up.

Sometimes time unites us
in a dingle
pirouette
spectacular
dramatic
but it separates us
hurt by so much beauty.

Sărutul

Îţi voi păstra sărutul
în respiraţie, în bătăile inimii
- acolo unde stă iubirea,
în secunda ce-atemporal va curge
din unda timpului,
în mângâierea vântului
ce-şi cântă-n floarea de cireş
nemărginirea…

Îţi voi păstra sărutul
în parfumul trandafirilor,
în razele suave de lună
în gingăşia orhideelor
şi în ecoul unui cântec de iubire
ce-n suflet nostalgic răsună.

Va fi în sigutanţă sărutul nostru,
îl voi salva dintre nelinişti,
din flăcările purpurii unduind în jeratic
şi-l voi ascunde-n dulceaţa unui zâmbet
într-o vocală, într-un vers de iubire
dintr-un poem încă nescris, singuratic.
Îl voi strecura într-o lacrimă
ce curge lin, noaptea-n taină,
în frumuseţea iernii ce-aşterne-n plete
nestemate din alba-i haină.

Kiss

I'll keep your kiss
in breathing, in the heartbeat
- where love is,
in the timeless second that will flow
from the wave of time,
in the caress of the wind
that sings infinity
in the cherry blossom.

I'll keep your kiss
in the scent of roses,
in the soft rays of the moon
in the tenderness of orchids
and in the echo of a love song
that nostalgic resounds in the soul.

Our kiss will be safe;
I will save it from trouble,
from the purple flames waving in the hieratic
and I'll hide it in the sweetness of a smile
in a vowel, in a love verse
from a still unwritten, lonely poem.
I will shed it in a tear
flowing smoothly, secretly in night.
in the beauty of the winter that lies
gems in the white coat.

Cuvânt de Iubire

Te căutam printre poeme,
pe file albe de hârtie, printre metafore
cu parfum de lumină şi lut.
Mă rătăcisem într-un puzzle complicat
pe care l-ai hărăzit mie.
Mă descurcam ca la "Survivor"
într-un scenariu ce îl scriseseşi în trecut.
Zâmbeai, te căutam înfrigurată
şi te iubeam nespus, curat,
transcendental, secret
(deşi lumina ta mă provoca adesea insolent,
mă ispiteai, se pare, într-o doară,
la umbra metaforei de seară)
secunda de iubire-şi împietrise zborul
de pasăre măiastră şi mă gândeam
cu sufletul smerit pe ce cărare
a metaforei s-alerg.
Când te-am văzut trecând
ca o nălucă albastră, mi se părea
că te găsisem, dar se părea,
că ai trecut - cuvânt de iubire din Lumină căzut!

Word of Love

I was looking for you among the poems,
on white sheets of paper, among metaphors
with the scent of the light and clay.
I was lost in a complicated puzzle
which you gave me.
I was doing like Survivor
in a script written by you in the past.
You were smiling. I was looking scared for you
and I loved you very much, clean,
transcendental, secret
(although your luminosity often causes me insolent,
you were tempting me. it seems, in a hurry,
in the shadow of the evening metaphor)
the second of love had hardened its
master bird flight and I was thinking
with a humble soul on what path
of the metaphor, I run,
when I saw you passing
like a blue ghost. It seemed to me
that I have found you, but it seemed,
that you moved - a word of love fallen from Light!

Curcubeul

M-am desprins
din universul meu
albastru, inefabil…

Am zburat spre tine
si m-am revărsat
în fiinţa ta
atingându-te
cu aripi multicolore
de fluturi
atemporali.
Am revărsat pacea
în fiinţa ta,
te-am îmbrăţişat.

Pentru o clipă
ai făcut parte
din mine însămi,
ai aflat
că exist-
ţi-am reamintit
că-mi aparţii.

The Rainbow

I broke up
from my blue,
ineffable universe. ...

I flew to you
and I overflowed
in your being
touching you
with multicoloured wings
of timeless
butterflies.
I overflowed peace
in your being,
I hugged you.

For a moment
you were part
of myself,
you found out
that I exist,
I reminded you
that you belong to me.

Nemărginire
(un poem dedicat Flăcării Gemene)

Iubitule, mă întreb dacă există
dcpărtare între noi
atunci când ascult gânditoare
tăcerea stelelor
explorând tot mai adânc
cântecele nespuse
ale inimii mele.
Caut răspuns
întrebărilor și zâmbesc vieții
fiindcă găsesc răspunsul
în mine însămi.

Vom fi împreună dintotdeauna
și nu mă voi opri niciodată
să te iubesc, fiindcă iubesc Lumina
care a creat TOTUL...
Iubesc soarele, iubesc viața.

Toate de ce-urile
pe care le-aș șopti celor patru vânturi
m-ar atrage în tornade fără sens.

Iată de ce am ales
să mă înveșmântez
în celesta simfonie a tăcerii
regăsindu-mă,
regăsind Divinul din mine,

Acum ...

Nimic nu ne-ar separa vreodată
fiindcă Dumnezeu
ne-a creat Sufletele
din aceeași strălucitoare
Flacără Divină!

Infinity

(a poem dedicated to the Twin Flame)

My love, I wonder if it exists
distance between us
when I listen thoughtfully
the silence of the stars
exploring deeper and deeper
the unspoken songs
of my heart.
I'm looking for an answer
of the questions and smile at life
because I find the answer
in myself.

We will always be together
and I will never stop
to love you because I love the Light
who created EVERYTHING ...
I love the sun I love life.

All the whys
which I would whisper to the four winds
would draw me into meaningless tornadoes.

Here's why I chose it
to get dressed
in this celestial symphony of silence

finding me.

finding the Divine in me,
Now.

Nothing would ever separate us
because God
created our Souls
from the same bright
Divine Flame!

Ecuaţie

Un ocean de Iubire
s-a revărsat în sufletul meu
asemeni unei îmbrăţişări angelice
când ai rostit întâiul te iubesc.
Dragoste,
miraculoasă dragoste
între sufletele noastre
care s-au regăsit
după eoni de căutare.
Dragoste,
care se extinde în univers
transcenzând spaţiul şi dimensiunile
asemeni unui cântec de înaltă frecvenţă
risipind ceţurile înserării,
luminând cerul întreg
dincolo de ecuaţia complicată
cu necunoscute
în care sufletul tău frumos
m-a atras.
Ecuaţie
al cărui unic răspuns
este doar iubirea.

Equation

An ocean of love
poured into my soul
like an angelic embrace
when you first said I love you
Love.
Miraculous love
between our souls
discovered
after aeons of searching.
Love
which extends into the universe
transcending space and dimensions
like a high-frequency song
scattering the mists of dusk,
illuminating the whole sky
beyond the complicated equation
with unknowns
in which your beautiful soul
attracted me.
Equation
for which the answer
love is only.

Iubire

Îmi dai linişte, zbor şi freamăt...
simt în mine cântecul vieţii
curgând din spaţiul sacru
în care te trăiesc,
te ador infinit.

Eşti cu mine dintotdeauna,
Eşti în Aici şi Acum-ul trăirii,
Aici si Acum-ul
inimii.

Eşti în zbor şi în pace,
în imponderabilitatea
zborului unui înger,
în străluminarea divină
din alchimia
unui fulger dogoritor.

Eşti în lumina
razelor de soare,
în strălucirea stelelor,
în misterul Lunii,
în simfoniile galaxiilor
şi cântecul aştrilor îndepărtaţi,
în senin şi în ploaie,
în cireşul în floare,
în piatra din drum,
în aerul pe care-l respir...

Eşti şi Sunt
în chemarea magnetică
a inimilor care se contopesc
într-o îmbrăţişare tăcută,
bătând împreună
ca Una,
în trăirea extazului profund
din inima supernovelor
străluminând miezul
Universului

Eşti în tot ce Suntem! …

Love

You give me peace, flight and commotion.
I feel the song of life in me
flowing from the sacred space
where I live you.
I love you endlessly,

You've always been with me,
You are in the Here and Now of living,
Here and Now
of the heart.

You are in flight and at peace,
in weightlessness
the flight of an angel,
in the divine illumination
from alchemy
of scorching lightning.

You are in the light
of the sunbeams,
in the brightness of the stars,
in the mystery of the moon,
in the symphonies of galaxies

and the song of the distant stars,
in clear sky and rain,
in the blossoming cherry,

in the stone of the road,
in the air, I breathe.

You are, and I am
in the magnetic call
of merging hearts
in a silent embrace,
beating together
One,
in experiencing deep ecstasy
from the supernovae heart
shining the core of
universe

You are in all that We are! ...

Cădeau stele

Era seară,
priveam de sub bolta
de viţă de vie
cerul frumos
încununat cu stele. …

Era seară,
iar stelele strălucind cădeau -
cădeau ca seminţele
cu aripioare,
din arborii înalţi. …

Desenau
spirale celeste, tăcute,
în aerul răcoros,
desenau spirale
pe retina mea uimită,
de copil.

Spre pământ,
se transfomau
în fluturi diafani,
apoi în îngeri maiestuoşi
transparenţi,
ce-şi puneau
haină albă de materie
şi verde podoabă de frunze. …

Stars Were Falling

It was evening.
I was watching
the beautiful sky
crowned with stars
from under the vault
of vines. ...

It was evening,
and the shining stars were falling -
they fell like seeds
with wings
from tall trees. …

They were drawing
celestial spirals, silent,
in the chill air.
They were drawing spirals
on my surprising retina,
as a child.

To the ground,
they transformed
in translucent butterflies,
then in majestic
transparent angels,
who put on
the white coat of matter
and green leaf ornament.

Simfonie Astrală

Ştiam că exişti, existai dintotdeauna
asemeni unei note muzicale într-un cântec,
o simfonie astrală ce mi se rătăcise în Suflet.
O armonie divină care mă încânta
deşi eu nu mi-o mai aminteam cu exactitate,
doar o ştiam, o simţeam
trăind în mine, în viaţa mea.

Privirea Ta exista în ochii mei
din momentul în care mi-ai privit Sufletul
şi-ai lăsat-o acolo, prizonieră
a dragostei nestinse dintre noi.

Cuvintele Tale, oricât ar părea de ciudat
erau chiar cuvintele mele şi mă miram mereu
când auzeam că le rosteşti.
Eşti viaţa, eşti Iubirea de dincolo de timp,
exişti în mine dintotdeauna,
nu poţi veni, nu poţi pleca niciodată.

Astral symphony

I knew you existed, you always existed
like a musical note in a song
an astral symphony that had been lost in my Soul,
a divine harmony that delighted me
although I couldn't remember exactly.
I just knew it, I felt it
living in me, in my life.

Your gaze exists in my eyes
from the moment you looked at my Soul
and you left it there, prisoner
of the unquenchable love between us.

Your words, strange as they may seem
they were my own words, and I was always amazed
when I heard you say them.
You are life you are Love beyond time,
you have always existed in me,
you can't come, you can never leave.

Revelaţie

Vedeam cu ochii inimii
culorile ce unduiau în jurul nostru
ca flăcările deasupra comorilor tainice
îngropate în munţi.
Încercam să le atingem,
dar ele se prelingeau fluide
printre degetele noastre
îmbrăţişate.
Flăcările se transformau,
prindeau rădăcini în noi înşine,
înmugureau,
creşteau şi înfloreau în simfonii
care ne transfigurau Fiinţa.

Eram împreună dintotdeauna,
însă abia acum realizam,
abia acum simţeam
Spiritul Divin al Universului
pulsând vijelios în inimile noastre
îngemănate
în Revelaţie şi nesfârşită Iubire.

Revelation

I could see with my heart's eyes
the colours that waved around us
like flames above mysterious treasures
buried in the mountains.
We were trying to touch them
but they dripped fluid
between our fingers
hugged.
The flames were turning,
they were taking root in ourselves
they were sprouting,
they grew and flourished in the symphonies
that transfigured our Being.

We were always together
but only now we realize,
We only feel now
The Divine Spirit of the Universe
pulsating stormily in our hearts
twin
in Revelation and Endless Love.

Lângă Tine

Lasă-mi sufletul lângă Tine!

Lasă-mă să vin
mai aproape,
din lumea de ţărână
aripile
să-mi scape.

învăluie-mă cu liniştea,
cu mantia Ta,
cu stelele, cu luna, uşor,
încercuieşte-mi cu iubirea
oasele bolnave
de dor,
să nu mai ştiu care eşti Tu
şi care sunt eu,
să simt cum soarele-arcuieşte
lumina
pe degetul meu.

Next to you

Let my soul with You!

Let me come
closer,
from the world of dust
wings
to get rid of me.

You envelop me in peace,
with your cloak,
with the stars, with the moon, slightly,
surround me
diseased bones
of longing
with love,
I don't know who you are anymore
and who am I
to feel how the sun arches
the light
on my finger.

Alchimie

Trebuie să-mi port în taină dorul
să am grijă să nu-l strig,
doar să-l şoptesc
să-mi port dorul
cu demnitate,
cu bună cuviinţă,
cu bucurie,
să-l transform mereu
prin alchimie,
să-l aşez cu gingăşie la soare
să nu te doară,
dorul meu.

Alchemy

I have to miss my secret
to be careful not to shout at it
just whisper it
to miss
with dignity
properly
with pleasure,
to always transform him
by alchemy,
to place it gently in the sun
for no hurting you
my longing.

Metamorfoză

Ascultă, auzi şi tu
sunetul acesta.
auzi cântecul seminţelor
germinând
sub îmbrăţişarea
tăcută a pământului
povestind despre alte vremuri,
alte primăveri
pierdute în vastitatea timpului ?...

Este un cântec, o simfonie
a creşterii, a înălţării,
a prefacerii profunde.
O simfonie
şoptită-n taină
cu fiecare desferecare
din mrejele visului.

Auzi cântecul mugurilor de flori
mustind a viaţă şi a parfum suav
încă neîmpărtăşit?…

Metamorphosis

Listen, do you hear
this sound, too?
hear the song of the seeds
growing
under the silent embrace
of the earth
talking about other times,
other springs
lost in the vastness of time? ...

It is a song, a symphony
of growth, of ascension,
of profound transformation.
a symphony
whispered in secret
with each unfolding
from the nets of the dream.

Do you hear the song of the flower buds
sniffing life and the soft scent
still unshared? ...

Poem din Iubirea care Suntem
(dedicaţie Flăcării Gemene)

Binecuvântez spaţiul si timpul,
dimensiunile infinite ale universului
care adapostesc Sufletele noastre.
binecuvântez tăcerea divină dintre noi,
iubirea ta venită de pretutindeni,
de dincolo de timp si spaţiu
şi mă întreb cum aş putea
să nu mă gândesc la tine
când exişti în tot ceea ce sunt
şi prezenţa ta este impregnată
în fiinţa mea.

Indiferent dacă eşti lângă mine,
undeva pe pământ, sau în stele,
vom fi mereu împreună
cu Dumnezeu, cu Iubirea
şi Sinele nostru Divin.
Voi permite inimii mele să cânte
printre lacrimi şi zâmbete,
voi permite Sufletului meu
să şoptească în taină Universului
cum te iubesc,

cu apusul şi cu răsăritul
cu stelele şi cu luna,
cu azurul şi cu norii,
cu arşiţa şi cu ploaia,

cu apropierea şi cu depărtarea.

Dragostea mea este o fereastră deschisă
în atemporalitate,
dincolo de spaţiile şi cântecele galaxiilor
care ne îmbrăţişează sufletele.
Suntem şi rămânem o singură Fiinţă
fiindcă aşa a dorit Dumnezeu,
aşa a dorit iubirea care suntem,
Amin !…

A Poem From the Love that We Are
(dedication to the Twin Flames)

I bless space and time
the infinite dimensions of the Universe
which shelter our souls.
I bless the divine silence between us
your Love from everywhere,
beyond time and space
and I wonder how I could
not to think about you
when you exist in all that I am
and your presence is impregnated
in my Being.

Whether you're by my side,
somewhere on earth, or in the stars,
we will always be together
with God, with Love,
and our Divine Self.
I will allow my heart to sing
amid tears and smiles.
I will allow my Soul
to whisper in secret to the Universe

how I love you
with the west and the east
with the stars and the moon,

with azure and clouds,

with heat and rain,
with the approach and the distance.

My Love is an open window
in timelessness
beyond the spaces and songs of galaxies
which embraces our souls
we are and remain one Being
for this is the God's will,
that's how he wanted the Love we are, Amen!

***

Porți

***

Gates

Nu vrei...

Nu vrei să te strig,
tu permiți cel mult șoaptele
pe care vrei să le transform
într-un ocean de foc
incandescent
în căușul tainic al inimii...
Vrei să-mi strig iubirea
cu sunetul prelung al liniștii,
așa vrei tu, iubire,
să te cânt...

You do not Want…

You don't want me to call you
you allow whispers at most
which you want me to transform
in an incandescent
ocean of fire
in the mysterious scoop of the heart.
You want me to shout my love
with the long sound of silence,
that's what you want, love,
to sing you.

Cu Iubirea

Făceam exerciţii
de echilibru
pe valurile iubirii,
briza-mi respira
neliniştea din piept
umflându-şi pânzele inocente,
iar cuvintele mele
se pierdeau in tăcerea ta
în gânduri neştiute,
în imens-albastra-incertitudine
pe care navigam făcând piruete
alchimizând valurile
dureros, secret,
un balet al sufletului
misterios ca briza mării
ce spre lumină mă ridica
şi-apoi mă cobora
pe valuri,
cu iubirea…

With Love

I was doing exercises
of balance
on the waves of love,
breeze breathes
my anxiety in chest
inflating its innocent sails
and my words
were lost in your silence
in unknown thoughts,
in immense-blue-uncertainty
on which I was sailing by pirouettes
alchemizing the waves
painful, secret,
a ballet of the soul
mysterious as the sea breeze
which lifted me to the light
and then it got me down
on the waves,
with love.

Păsări Albe

- Dragostea mea - ai zburat?
Îndepărtează praful de pe aripile tale
nu aprecia prea mult ţărâna,
vânarea de vânt
stai în lumină-
În inima mea
şi-au găsit liman
doar păsări albe ce zboară
în albastru cuvânt…

White Birds

-My love - did you fly?
remove dust from your wings
do not appreciate the dust too much,
wind hunting
stay in the light-
in my heart
only white birds flying
in blue word
have found a harbour. …

Rezonanţă

Rătăceau în mine
despletite
neliniştile Isoldei.
Inocenţa Julietei
înflorea-n privirea mea.
Ca o maree,
neliniştea primei iubiri
îmi inunda
ţărmul inimii
sfidându-mi
imponderabilitatea,
aripile stravezii…

În mine rătăceau
corăbii pierdute,
fantome diafane,
despletite,
atrase printr-o tăcută
rezonanţă…

Resonance

Isolde's anxieties
were wandering in me
undone.
Juliet's innocence
was blossoming in my eyes
-like a tide,
the anxiety of first love
fled
my shore of the heart
defying my
weightlessness,
bright wings.

Lost ships,
diaphanous ghosts,
dishevelled,
were wandering in me
attracted by a silent
resonance.

Cântec Pierdut

De ce vrei să plâng,
eu sunt cântecul
sunt oda bucuriei tale,
tu m-ai compus,
cântă-mă …

De ce vrei să însetez,
eu sunt izvorul tău,
sunt apa ta,
-soarbe-mă…

De ce mă laşi goală,
eu sunt vasul tău,
tu m-ai modelat,
-umple-mă.

De ce vrei
să flămânzesc,
sunt pâinca ta,
nu mă depărta
de buzele tale.

Iubire, mă binecuvântezi ,
sau mă pedepseşti
cu dulcea suferinţă
a flăcărilor tale?

Lost Song

Why do you want me to cry?
I am the song
I am the ode of your joy
you composed me
you sing me.

Why do you want me to be thirsty?
I am your source
I'm your water
-drink me.

Why are you leaving me empty?
I am your vessel
you shaped me,
-fill me up.

Why do you want me
to starve?
I am your bread
do not take me away
from your lips.

Love, do you bless
or punish me
with sweet suffering
of your flames?

Îndrăgostită

Deasupra mea
plana o pasăre-albastră
zburând uşor, fascinant,
în inima mea
încă trăia un vis
de care - ca un copil
- din teamă
fugisem odat'
şi-apoi, îl uitasem.
Trecuse timpul
şi-acum din nou
visam acelaşi vis
frumos, tăcut
şi poate, abstract.

Iubirea-i iubire,
dragostea
nu-i himeră
sau vânare de vânt
la fel ca şi-atunci
în trecut.

… Oare destinul
ne este din nou
potrivnic?

In Love

There was a bluebird above me
flying lightly, fascinating
in my heart.
It was still living a dream
of which - as a child
-I ran away once
in fear
and then I forgot.
Time had passed
and now again
I was dreaming the same
beautifully silent
dream
and maybe abstract.

Love is love.
Love
it's not a chimaera
or wind hunting
just like then
in the past.

Is destiny
again
adversary to us?

Definiție

Iubirea mea este
uşoară, imponderabilă ca eterul,
este dansul fulgilor de nea,
misterul.
Este vântul ce scutură
cireşul in floare,
este incandescenta rază de soare,
iubirea mea este totul
de la firul de iarbă
la fulger,
de la piatra pe care calci grăbit
la aripa unui înger.

Definition

My love is
light, weightless as ether
it is the snowflake dance,
it is a mystery.
it is the wind that shakes
the cherry in blossom
it is the incandescent ray of the sun
my love is everything
from the blade of grass
to the lightning
from the stone, you are hurriedly treading
at the wing of an angel.

Templu

Am deschis porţile
Templului
poemelor inimii mele,
porţile Sufletului meu.
Iartă-mă dacă
am uitat să spun de la bun început:
- rămâi desculţ, călătorule,
dacă păşeşti vreodată,
Aici.

Temple

I opened the gates
of the temple
of the poems of my heart,
the gates of my Soul.
Forgive me if
I forgot to say from the beginning:
- remain a barefoot traveller
if you ever step,
Here.

Romanță...

Așteptai să trec cu anotimpurile,
cu minutele, cu secundele, cu undele,
iubitul meu, iubitule.

Iubirea îmi transformase viața
într-un cântec minunat
cu sunete de înaltă frecvență
iar timpul încremenise
în spațiul infinit al inimii mele
unde exista doar unica secundă
a iubirii, a creației.

Priveai nemulțumit baletul meu atipic,
adresându-mi subtile reproșuri,
piruetele mele eterice, neînțelese,
erau surprinzătoare pentru tine,
cel care doreai să controlezi
dansul pe care Sufletul meu
îl dorea sacru, liber, neconstrâns.

Secunda iubirii mele se revărsa
expansionându-se în Univers
în simfonii eterice, astrale,
o auzeau stelele în ceruri de cleștar
în timp ce inima ta era captivată
de celelalte oportunități.

Așteptai să trec cu anotimpurile,

cu minutele, cu secundele, cu undele
iubitul meu - iar eu,
dansând pe melodia inimii
în îmbrățișarea Sufletului meu,
m-am îndepărtat din viața ta.

Romance...

You were waiting for me to pass with the seasons,
in minutes, in seconds, in waves,
my love, love.

Love had transformed my life
in a wonderful song
with high-frequency sounds
and time had stood still
in the infinite space of my heart
where there was only one second
of love, of creation.

You were looking unhappy at my atypical ballet,
addressing subtle reproaches to me,
my ethereal, misunderstood pirouettes,
were surprising to you,
you the one who wanted to control
the dance that my Soul
wanted it sacred, free, unconstrained.

The second of my love overflowed
expanding into the Universe
in etheric, astral symphonies,
the stars in the clear sky could hear it
while your heart was captivated
of other opportunities.

You were waiting for the seasons to pass,

with the minutes, with the seconds, with the waves
my love - and me
dancing to the melody of the heart
in the embrace of my Soul,
I moved away from your life.

Ultima Secundă

Pe ţărmul pustiu
construiam castele de nisip
ca doi copii
şi valurile mării-ncremeneau
în faţa frumuseţii
o secundă…

Din aer, apă,
din nisip şi sare
cream frumoase citadele
iar marea-şi împietrea
duioasa undă…

Din litere, cuvinte,
noi cream frumoase citadele
iar timpu'ncremenea
lăsându-ne să ne iubim
ca doi copii frumoşi,
o ultimă secundă.

The Last Second

On the desert shore
we were building sandcastles
like two children
and the waves of the sea froze
a second
in front of beauty.

From the air, water,
from sand and salt
we create beautiful citadels
and the sea hardened
its tender wave.

From letters, words,
we create beautiful citadels
and time astounded
letting us love each other
like two beautiful children,
one last second.

Portal

Omule drag
cupa plină de iubire
pe care ți-o ofer,
mi-o ofer în egală măsură
și mie însămi.
Nu o voi abandona niciodată.
Am așezat-o cu grijă
pe pervazului ferestrei luminate
a inimii mele
- portal
atemporal,
deschis în spațiu și timp.

Portal

Dear soul,
a cup full of love
which I offer you,
I give it to myself,
as well.
I will never abandon it.
I placed it carefully
on the lighted window sill
of my heart
- Timeless
portal
open in space and time.

Cântec Celest

Ai aprins în Sufletul meu
un cântec celest, atemporal.
o iubire care nu se mulţumeşte
cu jumătăţi de măsură.
Acesta este motivul pentru care
am ales eliberarea...
am ales să zbor departe de tine
binecuvântându-te şi lăsându-te
să-ţi trăieşti marea iubire,
mulţumindu-ţi pentru
lecţiile desăvârşite
pe care mi le-ai dăruit
şi pentru locul pe care
mi l-ai hărăzit în viaţa ta.

Celestial Song

You lit a celestial,
timeless song in my Soul.
A love that is not satisfied
with half measures.
It is the reason why
I chose the release. ...
I chose to fly away from you
blessing you and leaving you
to live your great love,
thanking you for
the perfect lessons
you gave me
and for the place
you gave it to me
in your life.

Șoapte din Lumină

Suflete, soarele nu s-a stins...
cerul e albastru, stelele strălucesc,
muzica sferelor
continuă să curgă în infinit,
iar culorile sunt mai frumoase
ca niciodată.

Lasă durerea să curgă,
să se ducă, să treacă.
nu căuta să rostești cuvinte,
cuvintele le-au rostit alții,
cuvintele le-au purtat strămoșii
în viețile lor
prin veacuri uitate.

Nu te întrista,
ceea ce vezi este doar haina
țesută din pulberi de stea,
scrisă de timp,
purtată prin lume,
prin viață - ce grea...
ce greu este lutul
sub jerbe de flori,
ce ușor este zborul spre stele,
ce luminos e cerul albastru,
fără nori ! …

- Ascultă....

În liniștea aceasta
e atâta lumină, atâta culoare,
și mai presus de toate
Dragostea din Tine,
care niciodată nu moare ! …

Whispers of Light

Souls, the sun has not gone out,
the sky is blue the stars are shining,
the music of the spheres
continues to flow to infinity
and the colours are more beautiful
as ever.

Let the pain flow,
to go to pass.
Do not try to say words.
others expressed the words,
our ancestors carried the words
in their lives
through forgotten ages.

Do not get sad.
What you see is just the coat
woven from star powders,
written by time,
carried around the world,
through life - how hard,

how hard the clay is
under wreaths of flowers.
how easy the flight is to the stars,
how bright the blue sky is
without clouds!

\- Listen!

In this silence
it's so much light, so much colour,
and above all
The love in you
that never dies! ...

Graffiti și Alte Câteva Nimicuri

Contemplu zilnic în trecerea mea cu autobuzul
prin frumosul oraș al culturii, un zid alb,
pe care cineva foarte inspirat
a scris impecabil cu grafitti cuvântul "Dragoste"
lângă care, un altul, a adaugat
o ideogramă roșie
care se mărește amenințător pe zi ce trece.

Cine a scris, nu știm, nu vom ști niciodată
așa cum, cei care nu știm chineza
nu vom ști sigur ce înseamnă ideograma
- poate avea legătură cu Dragostea
sau poate fi doar o ironie.

Noi, călătorii romantici gândim pozitiv.
simțim cuvântul Dragoste
și intrăm zilnic în extaz,
de cel chinezesc nu ne pasă (sau ne pasă?)

Adeseori vin norii năvalnici dinspre Rășinari,
vin lacrimile sfinților lui Emil Cioran să spele zidul.
Ideograma zâmbește sinistru
- cuvântul "Dragoste", captează toate privirile,
vibrația lui se simte în aer -
lacrimile sfinților l-au sfințit
și vibrația înaltă va dăinui
cu siguranță
și după ce proprietarul se va hotărî

să văruiască faţada casei sale.

Un filozof adolescent se întreabă pe un zid de piatră
"Oare asta-i realitatea?"- un altul răspunde
mai încolo, aproape de Universitate "Sorry, take it easy!"
"Voinţa nu moare ! " - răspunde un altul
pe faţada din apropierea spitalului,
se referea la echipa de fotbal ?
Nu vom şti niciodată…

Graffiti and a Few Other Things

I contemplate every day on my bus ride a white wall
through the beautiful city of culture,
which someone very inspired
wrote the word Love impeccably with graffiti
next to which another added
a red ideogram
which is growing threateningly with each passing day.

We do not know who wrote it we will never know
as those who do not speak Chinese
we will not know for sure what the ideogram means
- maybe related to Love
or it may just be an irony.

We, romantic travellers, think positively
we feel the word Love
and we go into ecstasy every day,
we do not care about the Chinese one (or do we care?).

Often the rushing clouds come from Rășinari,
the tears of Emil Cioran's saints come to wash the wall.
The ideogram smiles sinisterly
- the word "Love" catches everyone's eye,
its vibration felt in the air -
the tears of the saints sanctified it
and the high vibration will last
surely
after the owner decides

to whitewash the facade of his house.

A teenage philosopher wonders on a stone wall
"Is that the reality?" - another response
further on, close to the University "Sorry, take it easy!"
"The will does not die! "- another answer
on the facade near the hospital.
Was he referring to the football team?
- we will never know. …

Poem din lumina care Suntem

Când soarele străluceşte,
înseninând cerul cu lumina
fericirii dumnezeieşti,
când roua luminează albastrul unei lacrimi
despicând universuri nemărginite -
- stea luminând eternitatea Iubirii -
e timpul divin să strângi în braţele tale
planeta Pământ, Soarele, Luna,
Stelele, Galaxiile,
Cereştile lumi îndepărtate
Sufletul tău multidimensional,
Suflet din Sufletul Divin
al Universalităţii.

E timpul să strângi la piept,
Iubirea Divină care ai fost
dintotdeauna, care eşti şi vei fi...

Nu există alt
învăţător spiritual, alt psiholog,
alt guru mai potrivit pentru tine,
decât Hristos şi Sinele tău Divin.
Puterea este întotdeauna în mâna ta,
prin alegerea de a fi iubire,
prin puterea de a dărui
şi a mângâia, puterea de a ierta
şi de a crede cu toată Fiinţa
în călăuzirea înţeleaptă a Inimii tale

- portal deschis
în Universul Creației.

Poem from the Light that We Are

When the sun shines
brightening the sky with the light
of divine happiness,
when the dew illuminates the blue of a tear
splitting boundless universes -
- star illuminating the eternity of Love -
it is the divine time to embrace
planet Earth, Sun, Moon,
Stars, Galaxies,
in your arms.
The heavens of distant worlds
Your multidimensional soul,
Soul from the Divine Soul
of Universality.

It's time to hug
The Divine Love that you were
always who you are and will be.

There is no other
spiritual teacher another psychologist,
another "guru" more suitable for you
then Christ and your Divine Self,
power is always in your hand
by choosing to be love,
by the power of giving and to caress,

the strength to forgive

and to believe with the Whole Being
in the wise guidance of your Heart
- open portal
in the Universe of Creation.

Iubire Infinită

Iubire infinită,
inspiră-mă să te caut tot mai profund,
tot mai adânc în mine însămi,
în cunoașterea și trăirea din inima mea
și a Ta.

Inspiră-mă să descopăr
cuvinte de lumină care să exprime
cântecul tău celest, simfonia albastră
în care m-ai cuprins și mă încânți
cu infinitele armonii
ale vieții.

Când mă abandonez în gratitudine și iubire,
cânți din sufletul meu ca dintr-o vioară,
mă înalți în curcubee mirifice
sau în cascade de lumină
pentru ca eu să te trăiesc pe deplin,
cu abundență, cu intensitate, cu freamăt,
în fiecare Acum.

Îți mulțumesc. Nimeni nu te poate opri
să mă cânți așa cum dorești,
să mă înalți spre Cer tot mai sus,
să-mi dăruiești tot ce vrei,
tot ce este scris în cartea
Vieții mele.

Ești atât de limpede,
îmi dai rațiune să mă abandonez
pe deplin acestui dans, prin spații nesfârșite,
dimensiuni, prin universuri și galaxii,
descoperind inima eternității
Acum-ul nostru, infinita secundă
a contopirii noastre strălucitoare
în Soarele Dumnezeirii.

M-ai cuprins în brațe și mă surprinzi mereu
cu puterea și grația ta, cu unicitatea ta …
cu inefabilul tău farmec,
în acest dans al veții și al trăirii noastre,
dans al creației conștiente
care freamătă în lumină.

Simt curgerea cântecului tău în fiecare atom
al ființei mele, îl trăiesc cu fiecare respirație,
permit ca el să se extindă liber
în întreg Universul

IUBIRE.
Exiști pretutindeni !

Infinite Love

Infinite love,
inspire me to look you deeper
and deeper within
to know and live from my heart
and yours.

Inspire me to find out
words of light to express
your celestial song, blue symphony
in which you embrace and delight me
with infinite harmonies
of life.

When I give up in gratitude and love
you sing from my soul like a violin,
you exalt me in beautiful rainbows
or in cascades of light
for me to fully live you,
with abundance, with intensity, with tremor,
in every Now.

Thank you. No one can stop you
To sing me the way you want to
To lift me to heaven,
to give me all you want.
everything is written in the book
of my life.

You are so clear,
you give me a reason to give up
full of this dance, through endless spaces,
dimensions, through universes and galaxies
discovering the heart of eternity
Our now, the infinite moment
of our shining fusion
in the Sun of Deity.

You hug me and always surprise me
with your power and grace, with your uniqueness,
with your ineffable charm,
in this dance of our lives and living,
dance of conscious creation
shuddering in the light.

I feel the flow of your song in every atom
of my being, I live it with every breath
allow him to expand freely
throughout the Universe.

LOVE,
You are
everywhere!

***

Despre Autor

Daniela Topîrcean, absolventă a Universității Lucian Blaga din Sibiu, licențiată în inginerie, a devenit membră a Societății Scriitorilor Români în ianuarie 2023.

Pasionată de poezie încă de pe băncile liceului și ale facultății, a publicat o parte din poemele sale în primul volum de versuri "Ferestre-poeme de iubire", volum ce a văzut lumina tiparului în martie 2021, la editura Letras, fiind urmat de varianta lui în limba engleză "Windows open to Love". În luna noiembrie 2023, a publicat volumul "Aripi de Phoenix", la editura PIM, editură ce a publicat și volumul de haiku "Anemone de Opal", în martie 2024. În aprilie 2024 a publicat volumul "Petale - Poeme Kaiku I - în trei limbi, pe platforma Amazon.

În anul 2020, a devenit colaborator al platformei spaniole Masticadores publicându-și creația atât în limba română cât și în limba engleză, pe două dintre blogurile platformei: MasticadoresRomania și GobblersMasticadores.

Începând din anul 2022, a devenit colaborator la revistele "Luceafărul din Vale", "Inimă de român", "Revista vitrina cu poezii", "Amprentele sufletului", "Cervantes Internațional" și "Steaua Dobrogei".

Din luna octombrie 2022 a început să publice poeme haiku pe platforme social media, în diverse grupuri literare românești și internaționale. Aprecierea poemelor este reflectată de premiile primite pentru unele dintre ele, de publicarea lor în reviste și publicații de gen și de traducerea lor în limba japoneză. Din 2023 este prezentă cu poeme haiku în suplimentul revistei "Surâsul Bucovinei" și în revista "72 de Anotimpuri".

A devenit colaboratoare a unor antologii literare după cum urmează:

• În anul 2022: "Insomnii stelare" (Vol.2), editura PIM; "Pe urmele lui Goga - Antologie", editura InfoRapArt; "Zâmbet" și "Lacrimă", editura Artpress Timișoara; "Îmbrățisări stelare" (Vol.2), editura PIM; "Pe urmele lui Goga - Tradiții și obiceiuri românești", editura InfoRapArt;

• În anul 2023: "Lumină din Lumină" Antologie de pași, editura Cervantes; "Mirajul iubirii… Misterul trădării…" (Vol. IV), editura PIM; "Parfumul clipei - Antologie literară XX", editura PIM; "Pe bolta verii stele literare" (Vol. 3), editura PIM; "Tărâmul frunzelor călătoare", Haiku anthology ediția a-II-a, editura Cervantes; "Columna Iubirilor Eterne", editura LUCVAL& KEN; "Răvașe în sticluțe pe frunze arămii" (vol. V), editura PIM; "Prin verile aurii - Mozaic literar", editura PIM;

• În anul 2024: "Din dor de Eminescu" ediția a 4-a, editura Cervantes; "Columna iubirilor eterne", editura LUCVAL&KEN.

În prezent, autoarea are deja în lucru alte proiecte literare.

***

About The Author

Daniela Topîrcean, a graduate of Lucian Blaga University in Sibiu, with Bachelor degree in engineering, became a member of the Society of Romanian Writers in January 2023.

Passionate about poetry since high school and college, she published part of her poems in her first volume of poems, "Ferestre - poeme de iubire", a volume that saw the light in March 2021, at the Letras Publishing House, followed by its English version "Windows open to Love". In November 2023, she published the volume "Aripi de Phoenix" at the PIM Publishing House, which also published the haiku volume "Anemone de Opal" in March 2024. In April 2024 she published trilingual volume "Petals - Haiku Poems I" on Amazon.

From 2020, she became a collaborator of the Spanish platform Masticadores, publishing her creation both in Romanian and in English, on two of the platform's blogs: MasticadoresRomania and GoblersMasticadores.

Starting from the year 2022, she became a collaborator of the magazines "Luceafărul din Vale", "Inimă de român", "Revista vitrina cu poezii", "Amprentele sufletului", "Cervantes International" and "Steaua Dobrogei".

From October 2022, she started publishing haiku poems on social media platforms, in various Romanian and international literary groups. The appreciation of the poems is reflected by the awards received for some of them, their publication in magazines and genre publications, and their translation into Japanese. Since 2023, she is present with haiku poems in the supplement of the magazine "Surâsul Bucovinei" and in the magazine "72 de Anotimpuri".

She also became a collaborator of some literary anthologies, as follows:

• In 2022: "Insomnii stelare" (Vol.2), PIM Publishing House; "Pe urmele lui Goga - Antologie", InfoRapArt Publishing House; "Zâmbet" și "Lacrimă", Artpress Timisoara Publishing House; "Îmbrățisări stelare" (Vol.2), PIM Publishing House; "Pe urmele lui Goga - Tradiții și obiceiuri românești", InfoRapArt Publishing House;

• In 2023: "Lumină din Lumină" Antologie de pași, Cervantes Publishing House; "Mirajul iubirii… Misterul trădării…" (Vol. IV), PIM Publishing House; "Parfumul clipei - Antologie literară XX", PIM Publishing House; "Pe bolta verii stele literare" (Vol. 3), PIM Publishing House; "Tărâmul frunzelor călătoare", Haiku anthology ediția a-II-a, Cervantes Publishing House; "Columna Iubirilor Eterne", LUCVAL& KEN Publishing House; "Răvașe în sticluțe pe frunze arămii" (vol. V), PIM Publishing House; "Prin verile aurii - Mozaic literar," PIM Publishing House;

• In 2024: "Din dor de Eminescu" ediția a 4-a, Cervantes Publishing House; "Columna iubirilor eterne", LUCVAL&KEN Publishing House.

• The author is already working on other literary projects.

***